Emmanuel Aquin

Les griffes de Fiouze

**Illustrations de
Luc Chamberland**

Inspiré de la sé.
produite par Productions ~~Pixo~~
et diffusée à Télé-Québec

la courte échelle

Les éditions de la courte échelle inc.
5243, boul. Saint-Laurent
Montréal (Québec) H2T 1S4
www.courteechelle.com

Révision:
Nicolas Gisiger et André Lambert

Conception graphique de la couverture:
Elastik

Conception graphique de l'intérieur:
Émilie Beaudoin

Infographie:
Nathalie Thomas

Coloriste:
Marie-Michelle Laflamme

Dépôt légal, 1er trimestre 2008
Bibliothèque nationale du Québec

D'après la série télévisuelle intitulée *Kaboum* produite par Productions
Pixcom Inc. et télédiffusée par Télé-Québec.

La courte échelle reconnaît l'aide financière du gouvernement du Canada par
l'entremise du Programme d'aide au développement de l'industrie de l'édition
pour ses activités d'édition. La courte échelle est aussi inscrite au programme
de subvention globale du Conseil des Arts du Canada et reçoit l'appui du
gouvernement du Québec par l'intermédiaire de la SODEC.

La courte échelle bénéficie également du Programme de crédit d'impôt pour
l'édition de livres — Gestion SODEC — du gouvernement du Québec.

**Catalogage avant publication de Bibliothèque et Archives nationales
du Québec et Bibliothèque et Archives Canada**

Aquin, Emmanuel

    Kaboum

    (Série La brigade des sentinelles; t. 5)
    Sommaire: t. 5. Les griffes de Fiouze.
    Pour enfants de 6 ans et plus.

    ISBN 978-2-89651-045-0

    I. Chamberland, Luc. II. Titre. III. Titre: Les griffes de Fiouze.
IV. Collection: Aquin, Emmanuel. Série La brigade des sentinelles.

PS8551.Q84K33 2007   jC843'.54   C2007-942059-1
PS9551.Q84K33 2007

Imprimé au Canada

Emmanuel Aquin

Les griffes de Fiouze

Illustrations de
Luc Chamberland

la courte échelle

Les Karmadors et les Krashmals

Un jour, il y a plus de mille ans, une météorite s'est écrasée près d'un village viking. Les villageois ont alors entendu un grand bruit: *kaboum!* Le lendemain matin, ils ont remarqué que l'eau de pluie qui s'était accumulée dans le trou laissé par la météorite était devenue violette. Ils l'ont donc appelée... *l'eau de Kaboum*.

Ce liquide étrange avait la vertu de rendre les bons meilleurs et les méchants pires, ainsi que de donner des superpouvoirs. Au fil du temps, on a appelé les bons qui en buvaient les *Karmadors*, et les méchants, les *Krashmals*.

Au moment où commence notre histoire, il ne reste qu'une seule cruche d'eau de Kaboum, gardée précieusement par les Karmadors.

Le but ultime des Krashmals est de voler cette eau pour devenir invincibles. En attendant, ils tentent de dominer le monde en commettant des crimes en tous genres. Heureusement, les Karmadors sont là pour les en empêcher.

⚡⚡⚡

Les personnages du roman

Magma (Thomas)

Magma est un scientifique. Sa passion : travailler entouré de fioles et d'éprouvettes. Ce Karmador grand et plutôt mince préfère la ruse à la force. Lorsqu'il se concentre, Magma peut chauffer n'importe quel métal jusqu'au point de fusion.

Gaïa (Julie)

Gaïa est discrète comme une souris : petite, mince, gênée, elle fait tout pour être invisible. Son costume de Karmadore comporte une cape verdâtre qui lui permet de se camoufler dans la nature.

Mistral (Jérôme)

Mistral est un beau jeune homme aux cheveux blonds et aux yeux bleus, fier comme un paon et sûr de lui. Son pouvoir est son supersouffle, qui lui permet de créer un courant d'air très puissant.

Lumina (Corinne)

Lumina est une Karmadore solitaire très jolie et très coquette. Elle est capable de générer une grande lumière dans la paume de sa main. Quand Lumina tient la main de son frère jumeau, Mistral, la lumière émane de ses yeux et s'intensifie au point de pouvoir aveugler une personne.

Titania (Gina)

Titania est prête à tout pour protéger les enfants contre les attaques krashmales. Elle est déterminée et courageuse, et ses muscles peuvent devenir aussi durs que du titane. Elle est appréciée de tous les Karmadors et de tous les petits.

Pénélope Cardinal

Pénélope est la mère de Mathilde et de Xavier. Cette femme de 39 ans est frêle, a un teint pâle et une chevelure blanche. Elle est atteinte d'un mal inconnu qui la cloue dans un fauteuil roulant.

Mathilde Cardinal

C'est la grande sœur de Xavier et elle n'a peur de rien. À neuf ans, Mathilde est une enfant un peu grande et maigre pour son âge. Sa chevelure rousse et ses taches de rousseur la complexent beaucoup. En tout temps, Mathilde porte au cou un médaillon qui lui a été donné par son père.

Xavier Cardinal

Xavier est plus fasciné par la lecture que par les sports. À sept ans, le frère de Mathilde est un rêveur, souvent dans la lune. Il est blond et a un œil vert et un œil marron (source de moqueries pour ses camarades à l'école). Xavier, qui est petit pour son âge, a hâte de grandir pour devenir enfin un superhéros, un pompier ou un astronaute.

Les personnages du roman

Le maire

Gildor Frappier est le maire de la petite ville. Il habite seul avec ses deux chats dans une maison au bord de la rivière. C'est un homme tranquille qui aime le jardinage. Il ne ferait pas de mal à une mouche.

Shlaq

Ce terrible Krashmal s'habille comme un motard. Il est trapu et a la carrure d'un taureau – il a d'ailleurs un gros anneau dans le nez, et de la fumée sort de ses narines lorsqu'il est énervé. De ses mains émanent des rayons qui ont pour effet d'alourdir les gens : il peut rendre sa victime tellement pesante qu'elle ne peut plus bouger, écrasée par la gravité.

Fiouze

Fiouze est une créature poilue au dos voûté et aux membres allongés. Il ricane comme une hyène. C'est le plus fidèle assistant de Shlaq.

Riù

Riù est le chef des Krashmals de la grande ville. Très ambitieux et pas tellement intelligent, il est persuadé qu'il deviendra un jour Krashmal Suprême. Il s'est souvent attaqué aux enfants de l'Épicerie Bordeleau, sans grand succès. Riù peut faire jaillir des éclairs de ses mains et il a le pouvoir d'hypnotiser les gens.

Gyorg

Ce gros Krashmal est aussi connu pour sa force redoutable que pour ses pets pestilentiels. Personne ne pue autant que Gyorg! Et personne n'est aussi niais! Cet être toujours affamé est le fidèle assistant de Riù, qu'il admire beaucoup.

Chapitre 1

Depuis qu'il a été élu maire de la petite ville, Gildor Frappier habite une charmante maison au bord de la rivière. Avec ses deux chats qu'il adore, Mout et Sheba, il passe beaucoup de temps dans son jardin.

Aujourd'hui, le maire entame la construction d'un cabanon au fond de son terrain. Il a sorti ses outils et le bois nécessaire. Un peu plus loin, Mout et Sheba jouent dans les fleurs.

Soudain, les deux chats remarquent

une présence nouvelle. Une créature poilue semble dormir près des buissons. Mout et Sheba s'en approchent. Cet étrange animal possède cinq pattes, en forme de doigts. On dirait une main détachée, posée sur le dos. Dans sa paume, il y a de la nourriture pour chats. Les félins sont attirés par la bonne odeur…

Dès qu'ils s'approchent de la main, celle-ci tire sur une ficelle. Tchac! Un filet tombe sur Mout et Sheba! Ils se mettent à cracher et à miauler. Mout fait le gros dos, Sheba donne un coup de griffe sur la main méchante, prise dans le filet elle aussi.

Gildor Frappier jette un coup d'œil inquiet vers les buissons, d'où proviennent les cris. Il aperçoit avec horreur ses deux animaux dans les mailles du filet:

— Mes amis! Que vous arrive-t-il?

C'est alors qu'une silhouette menaçante émerge de la rivière, près du piège. Il s'agit de Shlaq, tout mouillé, le crâne luisant et les muscles saillants. Le maire est terrorisé par le Krashmal:

— Que me voulez-vous? Pourquoi vous en prenez-vous à mes chats?

— Shlaq a besoin d'une nouvelle base secrète et il a décidé de la construire dans ta maison. Si tu tiens à tes animaux, tu vas collaborer avec Shlaq!

Derrière le Krashmal, un deuxième individu sort de l'eau. Son pelage est détrempé, et il secoue sa queue. Il s'agit de Fiouze, le fidèle assistant de Shlaq, qui court vers le filet pour arracher sa main des griffes des chats.

Le maire est effrayé par les deux Krashmals :

— D'accord, d'accord, je ferai tout ce que vous voudrez. Mais pitié, ne vous en prenez pas à mes minous !

Shlaq sourit de toutes ses dents et extrait de sa poche un bracelet électrique.

— Ça, c'est pour toi ! lance-t-il au maire, qui frémit.

À la ferme, les rayons du soleil matinal passent à travers les murs abîmés du salon…

Le dernier combat entre Shlaq et Titania a laissé la maison de Pénélope en ruine. Le plancher du salon est défoncé, les murs portent des marques de coups en tous genres et les chauves-souris maléfiques ont cassé presque toutes les fenêtres.

Thomas et Julie inspectent les lieux. Ils ont l'air de deux jeunes étudiants, lui avec ses cheveux dépeignés et ses lunettes, elle avec son gros chignon et sa salopette. Personne ne soupçonnerait qu'il s'agit en fait des Karmadors Magma et Gaïa, les fondateurs de la brigade des Sentinelles.

Ils constatent les dégâts autour d'eux, un peu gênés. Depuis que les Sentinelles ont élu domicile à la ferme, celle-ci ne cesse de se détériorer.

— Si nous restons ici plus longtemps, la pauvre Pénélope se retrouvera sans abri! soupire Julie. Nous devrions nous construire une base. Si nous voulons que notre brigade soit officiellement reconnue par le Grand Conseil des Karmadors, il nous faut une adresse fixe et un lieu plus sûr que cette ferme.

— Tu as raison. J'en parlerai à Pénélope ce soir.

✦✦✦

Dans la maison du maire, Shlaq donne à Fiouze la cage qui contient les deux chats :

— Va la cacher dans le vieux puits. Tu es chargé de nourrir ces sales créatures ! Nous devons les garder en bonne santé si nous voulons que le maire nous obéisse.

— Oui, oui, votre altessse. Je m'occuperai des bessstioles aux poils sssoyeux.

Fiouze ne peut s'empêcher de caresser la queue de Mout. Dégoûté par ce geste affectueux, Shlaq crache de la fumée par les narines :

— Tu es un Krashmal lamentable ! Tu fais honte à Shlaq ! Allez, dépêche-toi !

Fiouze quitte la maison. Shlaq se

tourne vers le maire, qui porte au poignet le bracelet électrique. Le Krashmal crache de la fumée par les narines :

— Ce bracelet t'empêche de quitter la maison. Si tu essayes de l'enlever, il t'électrocutera. Et si tu appelles à l'aide ou tentes de communiquer avec les Karmadors, tes chats serviront de collation à Shlaq. Compris ?

Le maire hoche la tête, soumis.

$$\text{⚡⚡⚡}$$

Fiouze marche dans l'herbe haute d'un champ abandonné. Il s'arrête à côté d'un vieux puits. Le Krashmal attache la cage des chats au treuil. Puis il la descend au fond du trou, tandis que Mout et Sheba miaulent d'inquiétude.

— À plus tard, belles bessstioles !

Fiouze pose ensuite son bras droit sur le sol. Son poignet s'étire en faisant un bruit visqueux… et sa main se détache.

— Va, petite main.

Celle-ci détale vers l'horizon, comme une grosse araignée poilue, sous le regard fier de Fiouze.

À la ferme, le soir, les enfants sont couchés, tandis que les Sentinelles discutent dans la cuisine. Mais Mathilde ne dort pas. Grâce à un petit appareil d'écoute à distance pour bébés, que Xavier a caché dans une armoire de la cuisine, la fillette peut entendre la conversation des adultes.

Thomas annonce à Pénélope que les Karmadors doivent quitter la maison.

— Évidemment, nous serons toujours

là pour vous protéger. Vous n'aurez qu'à nous appeler et nous arriverons aussitôt! renchérit Julie.

Pénélope est déçue:

— Je respecte votre décision, mais elle me fait de la peine. La maison sera vide, sans vous.

La gorge de Mathilde se serre. Avant la venue des Sentinelles, la fillette s'ennuyait souvent. La vie à la ferme était trop tranquille. Si les Karmadors s'en vont, il y aura beaucoup moins d'action à la maison!

— Ce n'est pas de gaieté de cœur que nous partons! ajoute Thomas. Qui va annoncer la nouvelle aux enfants?

— Pas moi, déclare Jérôme. Je n'aime pas les mauvaises nouvelles.

— Oh, toi, tu n'as jamais été brave! lance Corinne à son frère.

— Ne recommence pas avec ça! rétorque-t-il. Je suis aussi brave que toi!

Calmez-vous! siffle Thomas avec autorité. Je me chargerai de parler à Mathilde et à Xavier demain matin.

Mathilde éteint sa lampe de chevet et cache le petit écouteur sous son lit. Puis elle ferme les yeux. Peut-être que, demain matin, les Karmadors auront changé d'idée et décidé de rester…

Dans les ténèbres, la fillette entend le vent siffler par la fenêtre ouverte. Couchée sur le dos, elle a de la difficulté à s'endormir. C'est toujours comme ça quand elle est préoccupée.

Quelque chose lui chatouille la joue. Elle se gratte. C'est probablement son ours en peluche. Puis elle a l'impression qu'une plume lui caresse la nuque. La chaîne de son médaillon bouge toute seule…

Soudain une paume se referme sur sa gorge! Mathilde pousse un hurlement.

Une main aux doigts velus est pendue à son cou!

Dans la cuisine de la ferme, le cri de Mathilde fait sursauter tout le monde.

Aussitôt, Thomas et Julie se précipitent dans l'escalier, suivis par Corinne. Jérôme reste près de Pénélope. Pour la protéger, dit-il.

Chapitre 2

Xavier, qui ne dormait pas non plus, est le premier arrivé dans la chambre de sa sœur. Celle-ci est en train de se battre contre la main de Fiouze. Sans perdre une seconde, le garçon se jette sur Mathilde pour l'aider.

Thomas et Julie les rejoignent. Les Karmadors tentent de s'emparer de la main velue, qui lâche prise et se cache sous le lit.

Corinne entre dans la pièce. Thomas lui lance:

— Ferme la fenêtre! Il ne faut pas que cette main s'échappe!

La Karmadore obéit aussitôt. Julie, Thomas et Xavier se placent devant les trois côtés du lit de Mathilde, tandis que la fillette, dos au mur, reprend son souffle.

Sous le matelas, la main tape des doigts impatiemment en guettant l'occasion de s'enfuir. Elle comprend bien qu'elle est cernée.

Thomas jette un coup d'œil rapide autour de lui:

— Jérôme? Où es-tu? Viens ici immédiatement!

Timidement, le Karmador

se pointe dans la chambre:

— Oui? Que se passe-t-il? Pourquoi elle crie comme ça, la petite?

— La main de Fiouze est sous le lit, répond Thomas. Nous avons besoin que tu souffles dessus pour l'en déloger!

Jérôme se fige :

— Une main poilue? Comme une araignée géante? Tu sais que je souffre d'arachnophobie!

— C'est un ordre!

Tout en tremblant, Jérôme se met à quatre pattes et pose sa joue sur le sol. Sous le lit, il discerne la silhouette de la main. On dirait une tarentule! Il ferme les yeux, terrorisé, et gonfle ses poumons.

Le supersouffle balaie

la main comme une poussière. Thomas l'attrape par l'index et se débat avec les doigts récalcitrants.

Xavier a une idée:

— Allons dans ma chambre! J'ai ce qu'il faut pour l'enfermer!

⚡⚡⚡

Dans la maison du maire, Fiouze fait chauffer un ragoût d'escargots au goudron tandis que Shlaq attend impatiemment:

— Shlaq a faim! Dépêche-toi, stupide assistant!

Fiouze s'empresse de servir son maître. N'ayant qu'une seule main, il renverse du ragoût partout. Shlaq s'énerve:

— Andouille! Tu as sali mes pantalons!

Dans le salon, le maire a été ligoté par Fiouze, pour laisser Shlaq manger en paix. Il se contente de manger un bout de pain, gêné par son bracelet électrique. Il pense à ses chats adorés, Mout et Sheba, emprisonnés dans une cage, seuls, loin de lui.

⚡⚡⚡

À la ferme, la main de Fiouze se débat dans une cage à hamster fournie par

Xavier. Le garçon est fier de sa trouvaille :

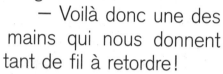

— Je m'en sers quand je capture des mulots.

Julie est fascinée par les doigts velus :

— Voilà donc une des mains qui nous donnent tant de fil à retordre !

Thomas a un sourire en coin :

— Je reviens immédiatement !

Il quitte la chambre de Mathilde en enjambant l'écouteur de l'appareil d'écoute, qui a été délogé de sa cachette en même temps que la main maudite. Pénélope jette un regard en désignant l'objet. La fillette s'excuse :

— Je ne recommencerai plus. Promis !

Pénélope soupire :

— Au lieu de m'espionner, pose-moi

des questions. C'est plus honnête.

— Et plus digne d'une amie des Karmadors, ajoute Julie en souriant.

⚡⚡⚡

Dans la maison du maire, Shlaq termine son repas en grommelant :

— Et ta main gauche ? Elle arrive bientôt ?

— C'est la droite, votre altessse. Sssoyez rasssurée, elle ne devrait pas tarder à revenir avec le butin.

— Shlaq est impatient ! Et ton ragoût est trop cuit !

⚡⚡⚡

Thomas entre dans la chambre de Xavier avec ses flacons et son matériel de chimie. Julie le regarde, intriguée :

— Que fais-tu ?

Thomas est sûr de lui:

— Avant de me retrouver ici, j'étais chimiste au laboratoire des Karmadors.

Délicatement, il mélange quelques liquides:

— Je vais concocter une petite recette spéciale pour cette main... un gaz anesthésiant!

Il finit de préparer sa mixture et la pose à côté de la cage. Une vapeur médicamenteuse s'élève de la fiole.

— Sortons d'ici. Dans quelques minutes,

la main sera plus calme.

En quittant la pièce, Pénélope prend Thomas par le bras :

— Je ne veux pas que vous partiez. Si vous avez besoin d'un quartier général, installez-le ici !

Julie intervient :

— Une base de Karmadors n'est pas un endroit approprié pour élever des enfants.

Pénélope sourit en désignant ses petits :

— Mathilde et Xavier ne sont pas des enfants ordinaires.

Thomas regarde Pénélope dans les yeux :

— Si nous établissons notre QG dans ta ferme, il faudra modifier considérablement les lieux pour les rendre conformes aux normes karmadores.

— Allez-y ! Ça fait longtemps que je veux changer la décoration ! lance

Pénélope en faisant un clin d'œil.

Xavier les rejoint, tout content:

— Thomas, ta recette a fonctionné! La main! Elle est endormie!

⚡⚡⚡

Dans la maison du maire, Shlaq s'est approprié la grande chambre pour la nuit. M. Frappier est encore ligoté et doit se contenter du divan.

Fiouze, de son côté, préfère dormir sur le paillasson pour guetter le retour de sa main droite. Il soupire en espérant la retrouver intacte.

Chapitre 3

À la ferme, le lendemain matin, Mathilde et Xavier jouent au ballon devant la maison. Ils guettent impatiemment l'arrivée de l'équipe spéciale de construction envoyée par le Grand Conseil des Karmadors. La fillette aperçoit un camion à l'horizon :

— Les voilà !

Dans leurs chambres respectives, les Sentinelles se dépêchent d'enfiler leurs uniformes. Puis elles descendent en vitesse pour accueillir les visiteurs.

L'équipe spéciale arrive dans un gros camion rempli d'ordinateurs et d'équipement. Trois Karmadors en débarquent: Tesla, qui contrôle l'électricité, Polyx, qui multiplie la matière, et Titania, la chef d'équipe.

Magma serre la main de Titania:

— Merci de venir nous aider. Nous avons beaucoup de travail devant nous!

La jeune femme sourit:

— Mon cher Magma, grâce à mon équipe, ton quartier général sera construit en un clin d'œil!

Pénélope accueille les Karmadors à son tour. Elle garde sur ses genoux la cage qui contient la main de Fiouze.

— Voilà un hamster particulièrement laid! lance Titania en observant la main poilue qui dort.

Pénélope a un sourire mystérieux:

— J'ai l'intention de bien m'en m'occuper.

⚡⚡⚡

Devant la maison du maire, Shlaq donne ses instructions à Fiouze:

— Là, tu creuseras un trou où nous placerons la génératrice d'électricité. Là, tu arracheras les fleurs pour installer l'équipement d'espionnage. Et là, tu casseras le balcon pour y aménager l'entrée secrète.

— À vos ordres, votre altessse. Mais j'aurai besoin d'aide. Je ne sssuis qu'un pauvre Krashmal qui n'a plus qu'une ssseule main…

— Débrouille-toi! Travaille plus fort! Shlaq a autre chose à faire que t'aider! Il doit chercher l'équipement nécessaire pour la base.

Shlaq entre dans la maison et menace le maire:

— Et toi, tu vas travailler au sous-sol pour aménager la salle de contrôle. Si tu ne fais pas du beau travail, tu peux dire adieu à tes chats!

Malheureux, M. Frappier empoigne son marteau et se met au boulot. Dehors, Shlaq embarque sur sa moto, qui démarre en arrachant des mottes de terre.

⚡⚡⚡

À la ferme, les travaux avancent à toute allure. Cette base sera indestructible!

Polyx claque des doigts pour multiplier les planches de bois, les poutres de métal et les plaques de plâtre, créant ainsi les matériaux nécessaires.

Tesla, avec ses doigts électriques, s'occupe des branchements électroniques et informatiques.

Titania assemble les poutres et les murs comme s'il s'agissait de briques Lego.

Magma soude les panneaux de métal, tandis que Gaïa, Xavier et Mathilde peignent les murs.

Mistral souffle sur la peinture afin qu'elle sèche plus rapidement, et Lumina éclaire le chantier pour aider ceux qui travaillent dans les coins plus sombres.

En quelques heures à peine, la ferme de Pénélope devient une base karmadore à la fine pointe de la technologie. On y a aménagé des chambres pour tout le monde, un laboratoire, un système de surveillance, un centre de contrôle, une chambre secrète et plusieurs petites surprises.

Devant l'effort accompli, Magma, la sueur au front, s'exclame:

— Voilà ce que j'appelle du travail d'équipe!

$\frac{4}{7}\frac{4}{7}\frac{4}{7}$

Shlaq revient à la maison du maire. La cabine de sa moto est remplie d'équipement électronique krashmal.

Tandis que M. Frappier travaille au sous-sol, Fiouze est au bord de la rivière. Il peine à creuser l'entrée secrète d'une seule main. Voyant son maître revenir, il émerge de son trou boueux pour l'accueillir :

— Votre altessse, je m'inquiète pour ma main disssparue. Me donnez-vous la permisssion de partir à sssa recherche?

Shlaq répond en crachant de la fumée :

— Pas question! Elle n'a qu'à se débrouiller toute seule, ta main stupide! Shlaq t'ordonne d'aller nourrir les chats de malheur. Ouste!

Piteux, Fiouze soupire et obéit aux ordres de son chef.

— Et fais vite! Tu n'as pas fini de creuser ton trou! lance Shlaq.

À la ferme, les Karmadors boivent de grandes quantités d'eau pour se désaltérer après une grosse journée de travail.

Magma et Gaïa s'approchent de Pénélope, qui garde toujours la cage sur ses genoux. Magma est curieux:

— Je t'ai entendue mentionner à Titania que tu allais t'«occuper» de la main de Fiouze. Que voulais-tu dire, au juste? J'espère que tu n'as pas l'intention de t'en débarrasser. Nous devons l'analyser dans notre laboratoire et comprendre ses intentions…

— Oh, ne t'en fais pas, je ne suis pas cruelle. Je vais simplement l'utiliser pour m'assurer que Fiouze ne remettra plus jamais les pieds — ou les mains — ici.

— Je ne comprends pas, dit Gaïa.

— J'ai l'intention de faire une incantation.

La jeune femme est intriguée:

— Tu ne nous as jamais expliqué d'où tu tenais ce pouvoir.

Pénélope répond par un de ses sourires mystérieux:

— Un jour, je te raconterai mon histoire.

Au vieux puits, Fiouze tourne la mani-velle du treuil pour remonter la cage des chats. Les félins avalent goulûment les sardines qu'il leur donne.

— Tenez, mes petits. Dites donc, vous n'auriez pas vu ma main passser par ici?

Les chats mangent en silence. Fiouze fronce les sourcils en fixant son poignet droit:

— Ma pauvre petite main toute douce. Elle est peut-être retenue prisonnière, comme vous.

Le Krashmal frémit à cette idée. Puis il regarde en direction de la ferme, déterminé:

— Je dois partir à sssa ressscoussse!

À la ferme, l'équipe spéciale de construction regagne le camion. Derrière le volant, Titania envoie la main aux Sentinelles:

— Bienvenue dans votre quartier général! À bientôt!

Le camion s'éloigne sur la route. Les Sentinelles, ainsi que Pénélope et ses enfants, admirent la maison reconstruite.

— Cool! lance Xavier en courant à l'intérieur pour aller explorer sa nouvelle chambre.

Mistral s'étire les bras et baille bruyamment:

— Ce travail m'a fatigué. Je crois que je vais aller piquer un petit somme. J'espère qu'ils ont changé mon lit.

L'autre était un peu mou pour moi.

✦✦✦

Fiouze arrive près de la ferme. Il étudie le nouveau bâtiment, qui est plus imposant que l'ancien. En haut de la tour, le drapeau des Sentinelles, avec son trèfle à quatre feuilles, claque au vent.

Fiouze s'empare d'une branche et y attache une serviette qu'il a volée sur la corde à linge de la ferme voisine. Avec une seule main, il est difficile de faire un nœud, alors le Krashmal s'aide de ses dents.

Une fois son travail terminé, il brandit fièrement sa branche. Il s'avance vers la ferme.

✦✦✦

Sur le perron, Mathilde examine la nouvelle porte d'entrée de la maison, renforcée avec des barreaux de titane et une serrure à toute épreuve. La fillette se sent en sécurité.

Soudain, elle aperçoit au fond du terrain une silhouette qui se dirige vers elle. On dirait… le Krashmal poilu ! Il agite au bout de son bras un drapeau de fortune de couleur bleue. La fillette se raidit : elle en a ras le bol de ce bandit !

Sûre d'elle, Mathilde interpelle Fiouze :

— Si tu t'approches, tu risques de le regretter !

Le Krashmal est déconte-nancé :

— Mais je porte le drapeau bleu de

la paix! implore-t-il.

— Le drapeau bleu? Ça ne va pas? Le drapeau doit être blanc!

Fiouze soupire:

— Vos coutumes sssont très compliquées, petite grenouille. Je porte ccce drapeau parccce que je viens en paix. Je sssuis Fiouze. Je veux parler à ton chef!

Mathilde toise le Krashmal avec méfiance:

— Si c'est un piège, gare à toi!

Chapitre 4

Devant la ferme, Magma et les Sentinelles sont plantés en face de Fiouze, très nerveux de se retrouver ainsi en présence de ses ennemis :

— Je veux sssavoir ce qui est arrivé à ma pauvre petite main droite.

— Nous la gardons prisonnière ! répond Magma avec assurance.

— Sssacrilège ! s'exclame le Krashmal. Je veux la récupérer. Elle me manque terriblement.

— Si tu tiens à ta main, tu n'as qu'à

nous expliquer pourquoi elle a attaqué sournoisement la petite Mathilde! lance Gaïa.

— Je ne fais qu'obéir aux ordres. Shlaq ne me tient pas au courant de toutes ssses manigances. Mais je peux vous dire que ssson altessse a kidnappé deux petits minous pour forcer leur propriétaire à devenir notre prisonnier. Sssi vous me remettez ma main chérie, je vous révélerai où ssse trouvent les bessstioles.

Magma secoue la tête:

— Je n'ai pas confiance en toi.

Fiouze tombe à genoux:

— Pitié! Remettez-moi ma précieuse main! Je vais vous dire où est la cachette des minous. Sssi vous les libérez, Shlaq sssera très contrarié. Je ne mens pas!

Je vous le jure sssur la tête de ma main gauche!

Les Sentinelles sont touchées par la sincérité du Krashmal désespéré. Magma consulte ses collègues:

— Je crois qu'il dit vrai. Je vais aller à la rescousse des félins. Si les Krashmals ont un prisonnier, il est de notre devoir de tout faire pour le libérer. Gaïa, viens avec moi, au cas où Fiouze nous tendrait un piège. Mistral et Lumina, restez ici.

— Nous ne devrions pas conclure une entente avec un Krashmal, déclare Lumina.

— La liberté d'un citoyen est en jeu! répond Magma.

⚡⚡⚡

Dans son nouveau quartier général, Shlaq termine l'installation des caméras de surveillance. Le maire est toujours au sous-sol en train de placer des consoles dans la salle de contrôle.

— Que fait cet abruti de Fiouze? Shlaq n'a pas confiance en cette vermine pouilleuse!

Le Krashmal sort en crachant un nuage de fumée. Il embarque sur sa moto et démarre en trombe.

Le maire émerge du sous-sol en cherchant le tournevis. Il l'aperçoit sur le perron.

Sans réfléchir, il ouvre la porte et fait un pas dehors pour prendre l'outil. Soudain, bzzzrcrk! Son bracelet lui envoie une décharge électrique! Le pauvre homme rentre chez lui, ébranlé.

⚡⚡⚡

Sur la route qui mène au puits abandonné, Gaïa conduit prudemment. Avec ses longues jambes, Magma n'est pas très à l'aise dans la petite voiture électrique :

— Il faudrait que nous trouvions un mode de transport plus… adéquat.

— Cette voiture est très écologique, tu sauras. Tiens, nous y voilà ! Tu crois vraiment que Fiouze nous a dit la vérité ?

Magma fronce les sourcils : il n'en est plus sûr du tout !

⚡⚡⚡

À la ferme, Fiouze a été ligoté comme un saucisson avec la corde de cerf-volant de Xavier. Le Krashmal est assis sur le perron, surveillé par Mistral et Lumina :

— J'aime bien Gaïa et ssses antennes. Elle me fait penssser à un essscargot. J'adore le ragoût d'essscargots au goudron. Pas vous?

Mistral fait la grimace:

— Ark! Vous, les Krashmals, vous mangez des trucs vraiment dégoûtants!

Lumina sourit en taquinant son frère:

— Tu peux bien parler, toi et ton boudin aux abricots!

Mistral est piqué:

— Tu sauras que c'est très bon!

Fiouze approuve:

— Moi ausssi, j'aime le boudin. Ssurtout avec des sssauterelles. Ah, cette conversssation me donne faim. Vous n'auriez pas quelque chose à ssse mettre sssous la dent?

⚡⚡⚡

Magma et Gaïa marchent prudemment dans l'herbe haute en suivant les indications de Fiouze.

Ils arrivent au puits. Ils tournent rapidement la manivelle pour faire remonter la cage de Mout et Sheba. En voyant les Karmadors, les deux minous se mettent à ronronner.

Soudain, un autre grondement se fait entendre : la moto de Shlaq approche !

À la ferme, Mistral rentre dans la maison et Lumina reste sur le perron pour surveiller Fiouze. Mathilde vient les rejoindre. Elle lance un regard dur au Krashmal :

— Ta main a essayé de m'étrangler alors que je ne lui ai rien fait !

— Sss sss sss ! Tu te trompes. Ma petite main ne t'en veut pas. Elle visait

autre chose.

— Quoi? Que voulait-elle? l'interroge Mathilde, dont les joues deviennent rouges.

— Ça, je ne peux pas te le dire, petite grenouille.

— Tu es un monstre! Si je ne me retenais pas, je te donnerais une bonne leçon!

Lumina s'interpose:

— Mathilde, nous avons conclu une entente avec Fiouze. Mais sois rassurée: il ne perd rien pour attendre. Dès que cette aventure sera terminée, nous allons nous occuper de lui.

La fillette lance un regard assassin au Krashmal :

— La prochaine fois que je vois une de tes mains, je lui croque un doigt !

Fiouze frémit devant cette menace. Puis il gémit tandis que son estomac gargouille. Il meurt de faim.

⚡⚡⚡

Près du puits, l'automobile électrique de Gaïa démarre sur les chapeaux de roue. Magma, sur le siège du passager, fixe la lunette arrière avec inquiétude :

— Shlaq s'approche. Accélère !

Gaïa est découragée :

— Je vais aussi vite que je peux ! Ma voiture n'est pas faite pour la course !

Derrière eux, Shlaq pousse des jurons noirs sur sa moto :

— Shlaq a horreur des voleurs! Vous allez le regretter!

— Plus vite! Il nous rattrape! s'impatiente Magma.

⚡⚡⚡

Dans la cuisine, Mistral mange un muffin en regardant Pénélope dégager la table et y installer de petits pots de couleur.

— Que faites-vous, au juste?

— Je prépare une incantation majeure.

— Comme la dernière fois avec les chauves-souris? Vous êtes une sorcière? s'inquiète Mistral.

— Non, je suis une shamane. Dans ma famille, nous le sommes de mère en fille depuis des générations. Passe-moi le sac de poudre bleue, s'il te plaît.

Mistral obéit, un peu dépassé :

— Qu'est-ce que ça fait, une incantation majeure ?

— Tu vas voir.

⚡⚡⚡

Dans le champ, la moto de Shlaq gagne du terrain et se rapproche de la petite voiture des Karmadors. Magma a la gorge sèche. Il doit trouver une façon de se débarrasser de son poursuivant.

Le Karmador se concentre sur les pneus cloutés de la moto. Il les fixe avec intensité. Son pouvoir sur le métal commence à agir. Un à un, les clous chauffent et deviennent incandescents. Bientôt, la roue avant de la moto devient toute rouge. Soudain, bang ! Le pneu éclate ! Shlaq perd le contrôle de son

véhicule… et il fonce dans un arbre.

— Victoire ! crie Magma en sautant de joie sur son siège. Il se cogne la tête.

✦✦✦

Une fois que les Sentinelles sont rentrées à la maison, Fiouze est délivré de ses liens. Gaïa ouvre la cage pour libérer Mout et Sheba. Les deux chats, trop heureux d'être sortis, s'enfuient dans la nature. Le Krashmal les regarde s'éloigner :

— Donnez-moi ma petite main adorée, vilains Karmadors, que je puissse partir moi ausssi!

Magma ouvre la cage à hamster et en extrait la main endormie. Il la tend au Krashmal, qui la saisit et la couvre de baisers:

— Oh, ma pauvre! Tu es toute molle! Qu'est-ce qu'ils t'ont fait?

— Ce n'est rien, elle est sous anesthésie. Maintenant, va-t-en. Notre entente est terminée. La prochaine fois que nous te rencontrerons, c'est toi que nous mettrons en cage.

— Vous n'auriez pas quelque chose à manger? J'ai l'essstomac vide et...

— Hors de ma vue! lance Magma.

— Et ne crois pas que vous allez vous en sortir comme ça! Nous allons enquêter sur cette histoire d'otage, sales Krashmals! ajoute Gaïa.

Fiouze baisse les oreilles et quitte le perron comme un chien qu'on chasse. Les Sentinelles le regardent filer en secouant la tête. Xavier grimace:

— J'aurais dû enduire la main de poudre à gratter.

⚡⚡⚡

Dans la cuisine, Pénélope s'est entourée de ses fioles de poudre et d'un bol de cuivre, qu'elle a posé sur un réchaud à gaz. Dans le récipient mijote une mixture secrète d'huiles étranges.

Jérôme, qui avait une petite fringale, se fait cuire du boudin sur la cuisinière. Il est superstitieux et n'aime pas la sorcellerie.

Julie est fascinée par le rituel:

— Comment fonctionne cette incantation?

Pénélope répond en fermant les yeux pour se concentrer:

— On l'appelle le «rituel sacré de protection». Quand il sera terminé, l'ennemi ne pourra plus jamais mettre les pieds dans la maison.

— L'ennemi? dit Corinne, curieuse.

— Fiouze. Une force insurmontable le repoussera s'il désire pénétrer de nouveau dans mon domicile.

— Pourquoi ne pas repousser Shlaq aussi? demande Thomas.

— J'ai besoin d'un poil ou d'un cheveu de ma cible pour que le rituel fonctionne. Tenez, j'ai prélevé ceci sur la main de Fiouze…

Pénélope tend une petite pince à cils, qui serre un long poil gris appartenant au Krashmal. Elle le jette dans la mixture, sur le réchaud.

— Si nous réussissons à nous procurer un poil de Shlaq, je pourrai le repousser lui aussi.

— Mais Shlaq est chauve! soupire Julie, déçue. Et j'ai peur qu'il ne soit complètement glabre!

☇☇☇

Dehors, Fiouze s'éloigne lentement de la ferme. Il n'est pas pressé de retourner chez le maire et de se faire disputer par

Shlaq. Et son estomac crie famine.

Soudain, une douce odeur vient lui chatouiller les narines. Du boudin! Fiouze se lèche les babines. Sa faim devient incontrôlable. Sans hésiter, le Krashmal rebrousse chemin et se dirige vers la ferme.

Dans la cuisine, l'incantation est presque terminée. Pénélope jette des poudres de toutes les couleurs sur le feu en murmurant des paroles dans une langue inintelligible. Tout le monde est fasciné par le rituel, sauf Jérôme, parti déguster sa collation à côté du foyer.

Sous la fenêtre entrouverte du salon, Fiouze observe Jérôme de dos, qui mange doucement. Le Krashmal salive en savourant l'odeur du boudin.

Silencieux comme un serpent, il pénètre dans la pièce. Jérôme mastique

bruyamment en chantonnant. Il ignore tout de la menace derrière lui.

Fiouze sort les crocs et agite ses griffes pointues. Il s'approche du Karmador en douce…

⚡⚡⚡

Dans la cuisine, Pénélope tape dans ses mains. Une lueur bleue jaillit du bol en cuivre.

— Voilà ! Le sort est jeté !

Soudain, Fiouze pousse un hoquet de stupeur tandis qu'une force invisible surgie de nulle part le soulève et le chasse violemment du salon. Le Krash-mal est éjecté par la fenêtre. Il entame un vol plané de plusieurs mètres.

— Au sssssssssssssssssssssecours ! hurle Fiouze en sillonnant les airs.

Il s'écrase à plusieurs mètres de la maison, secoué. Il s'enfuit sans perdre une seconde tandis que Jérôme, la bouche pleine, se demande ce qui vient de se passer.

Chapitre 5

Près du puits, Shlaq pousse difficilement sa lourde moto au pneu crevé. Il a une bosse sur la tête et plein d'égratignures à cause de sa collision contre un arbre.

Plus loin, Fiouze, amoché par son vol plané, marche péniblement dans l'herbe haute pour se rendre à la maison du maire. Les deux Krashmals se rencontrent. Ils se toisent en silence. Puis Shlaq plisse les yeux :

— Où étais-tu, stupide assistant ?

— Chez les Karmadors pour retrouver

ma petite main adorée.

— Tu as trahi Shlaq, espèce de pouilleux!

— C'est parce que votre altessse a refusé de m'aider. Je vous ai trahi pour parvenir à mes fins.

Shlaq jauge Fiouze en crachant un nuage de fumée:

— Enfin! Voilà un comportement digne d'un Krashmal!

— Merccci, votre altessse, susurre Fiouze.

— Maintenant que tu as retrouvé tes dix doigts, pousse la moto de Shlaq! Plus vite que ça! Shlaq attend des visiteurs importants. Et la prochaine fois que tu trahiras Shlaq, il te fera manger tes mains!

✦✦✦

À la ferme, une délégation de la grande ville est arrivée. STR, Geyser, Khrono, Titania et d'autres Karmadors imposants sortent des voitures officielles.

Magma et les Sentinelles se tiennent au garde-à-vous devant les Karmadors, menés par STR. Pénélope et ses enfants observent la cérémonie depuis le perron.

STR donne à Magma un bâton richement décoré de rubans verts et d'un trèfle en soie :

— Magma, au nom du Grand Conseil des Karmadors, je te remets le bâton de commandement des Sentinelles. Ta brigade fait officiellement partie de la grande famille des Karmadors.

Magma accepte cet honneur avec un air sérieux, conscient de la lourde responsabilité qui l'accompagne.

Geyser vient serrer la main de Magma :
— Félicitations ! Je suis sûr que tu feras un excellent chef de brigade.

Magma est flatté par le compliment. À côté de lui, Mistral fait un sourire gêné à Geyser :

— Salut! Tu te souviens de moi? lance-t-il.

Geyser sourit:

— J'ai lu les rapports de Magma à ton sujet, Mistral. Je suis content d'apprendre que tu es plus discipliné que lors de notre dernière rencontre.

Le Karmador blond gonfle la poitrine de plus belle. Sa sœur jumelle ne peut s'empêcher de lui marcher sur le pied pour le ramener sur terre. STR reprend la parole:

— Et maintenant, pour inaugurer le nouveau quartier général, nous avons préparé une petite surprise!

Devant la maison, Tesla agite les mains: de ses doigts jaillit une fontaine d'étincelles. On dirait des feux de Bengale. Puis un autre Karmador, qui crée des illusions d'optique, fait apparaître des feux d'artifice de toutes les couleurs dans le ciel.

Tout le monde applaudit en regardant le spectacle, tandis que Titania se met à jouer du tam-tam. Les Sentinelles dansent avec entrain.

⚡⚡⚡

Tout seul dans sa maison, le maire entend un grattement sur le perron. Il est tout ému en ouvrant la porte : ses chats sont revenus !

— Mes petits amours ! Maintenant que vous êtes sains et saufs, je vais tenter d'alerter les autorités !

Il écrit un appel au secours sur un bout de papier, qu'il roule dans une bouteille vide. Puis il ouvre une fenêtre. En lançant le récipient assez fort, il réussira peut-être à atteindre le terrain voisin…

Soudain… crac! Un pied puissant défonce la porte d'entrée! La silhouette musclée et menaçante de Shlaq avance dans la maison. Il n'est pas tout seul. Trois autres Krashmals se tiennent derrière lui: Fiouze, Gyorg et Riù!

Riù, le chef des Krashmals de la province, entre comme un prince, le nez en l'air:

— Alors, c'est vous, le maire de cette petite ville puante?

M. Frappier avale sa salive difficilement. Il n'ose pas répondre. Riù l'ignore.

— Laissez-moi me présenter. Je suis Riù le magnifique. Je suis venu pour l'inauguration de la nouvelle base krashmale de la région. Shlaq me dit que vous allez collaborer avec nous sans poser de questions. Est-ce exact?

Le maire secoue la tête énergiquement:

— Non! Je n'aiderai jamais les Krashmals!

Riù sourit méchamment en tendant les doigts:

— Regardez-moi bien, petit bonhomme. Et répétez après moi: «Je suis heureux de vous voir. Bienvenue chez moi.»

Les yeux de Riù se mettent à briller. Le maire ne peut rien faire contre le pouvoir hypnotique du Krashmal. Le pauvre homme répète, en transe:

— Je suis heureux de vous voir. Bienvenue chez moi.

Les quatre Krashmals éclatent de rire.

— Et maintenant, que la fête commence! lance Riù.

Table des matières

Dans le prochain numéro...

L'ambition de Shlaq

Dans une petite ville, quatre Karmadors protègent les citoyens contre les méchants Krashmals. Ce sont les Karmadors de la brigade des Sentinelles!

Riù et Gyorg s'allient avec Shlaq. Ensemble, les Krashmals ont un plan infaillible pour détruire les Karmadors : une attaque menée au moyen d'une nouvelle arme, la bombe à rayons Z. Hélas, les Sentinelles ne se doutent pas que, non loin de là, Shlaq offre à Riù l'occasion de participer à son prochain coup d'éclat.

Pendant ce temps, Paul et Natasha visitent Mathilde et Xavier, qu'ils aimeraient accueillir au sein des Rodamraks. Les enfants seront-ils capables d'aider les Karmadors à repousser l'attaque des Krashmals ? Nos superhéros seront-ils assez forts pour déjouer les plans de Shlaq ?

La production du titre **Kaboum 5** sur du papier Rolland Enviro 100 Édition plutôt que du papier vierge réduit votre empreinte écologique de :

Arbre(s) : 13
Déchets solides : 371 kg
Eau : 35 112 L
Matières en suspension dans l'eau : 2,3 kg
Émissions atmosphériques : 815 kg
Gaz naturel : 53 m^3

Achevé d'imprimer
en mars 2008 sur les presses de
Transcontinental Métrolitho
Imprimé au Canada — Printed in Canada

Imprimé sur Rolland Enviro 100, contenant 100% de fibres recyclées postconsommation, certifié Éco-Logo, Procédé sans chlore, FSC Recyclé et fabriqué à partir d'énergie biogaz.